TEO
en avión

timun**mas**

Teo está en el aeropuerto y hace cola para facturar el equipaje. Está contento y asustado a la vez, ya que es la primera vez que sube a un avión. Va a pasar una semana a casa de unos amigos que conoció en vacaciones.

Desde la torre de control, Teo puede ver los aviones que despegan y los que aterrizan.
—¡Echad mucho combustible, que vamos muy lejos! —les grita Teo a los operarios que están llenando el depósito de su avión.

El avión se eleva a gran velocidad, y cada vez vuela más alto.
—¡Anda! —exclama Teo—. ¡Todo se ve muy pequeño! ¡Y los coches parecen de juguete!

—De mayor, quiero ser piloto de aviones —le explica Teo al copiloto.

El avión sobrevuela una pista de esquí repleta de esquiadores.
«Qué frío debe hacer ahí abajo», piensa Teo.

Se cruzan con otro avión, desde el que saltan un grupo de paracaidistas.
—¡Adiós! —los saluda Teo, pero ellos no lo oyen.

El viaje es muy largo y Teo, que está muy cansado, se ha dormido. En sus sueños, le pasan mil aventuras.

Lo primero que sueña Teo es que se dirigen a Marte. Cuando mira por la ventanilla del avión, ve platillos volantes. «¡Debemos de estar cerca de la luna!», piensa, emocionado.

Sueña que llegan a Marte, baja del avión y se pasea entre flores y animales. «Qué seres tan extraños», piensa Teo.

Una familia de marcianos tiene el platillo volante aparcado frente a su casa.
—Hola —saluda Teo—. Vengo en son de paz.

De pronto, Teo se despierta. La azafata está repartiendo la comida. «¡Qué sueño tan fantástico!», piensa.

Ya han llegado a su destino, la India. El avión empieza a descender.
—¡Las personas llevan turbante y las vacas se pasean por la calle! —se asombra Teo.

Al salir del aeropuerto, Teo se ha montado en un elefante, que lo llevará hasta su destino.
—¡Los elefantes son enormes! —exclama Teo—. ¡Y cómo se mueven! ¡Seguro que voy a pasar una semana fantástica!

GUÍA DIDÁCTICA

Teo descubre el mundo es una colección de libros que pretende entretener al niño al tiempo que estimula su curiosidad y desarrolla su capacidad de observación, así como sus hábitos cotidianos y de relación. En función de la edad del niño se pueden hacer distintas lecturas. En el caso de los más pequeños la lectura será más descriptiva, nombrando los objetos y los personajes de cada ilustración y si son un poco mayores podemos ir siguiendo el hilo de la historia. El objetivo final de esta guía es que sean capaces de relacionar lo que ven en los libros con su propio entorno, de este modo conseguiremos convertir el libro en una herramienta didáctica que sirve para disfrutar y aprender de una forma lúdica.

Teo en avión permite hablar del avión como medio de transporte, de cómo poder viajar en uno, de las partes que lo componen y del personal que trabaja a bordo y en el aeropuerto, e invita a hablar de otras culturas. Además, leerlo puede ayudarnos a conocer mejor las preferencias de los niños sobre aspectos relacionados con la profesión de piloto y los sentimientos que les generan algunos sueños.

¡Esperamos que disfrutéis con Teo!

1 · ¡Cuánta gente hay en el aeropuerto!:
Teo está en el aeropuerto, haciendo cola para facturar el equipaje, puesto que debe coger un avión. Hay gente por todas partes: algunos están facturando, otros esperando, otros comprando... Esta ilustración permite hablar del **aeropuerto** y del personal que trabaja en él (azafatas, vendedores), así como de los pasos a seguir para poder coger un avión (comprar un billete en una agencia o por Internet, facturar el equipaje, mostrar el billete y la documentación, y dirigirse hacia la puerta de embarque indicada).
¿Has estado alguna vez en un aeropuerto? ¿Había tanta gente como en la ilustración? ¿Qué hiciste?

2 · ¡Hay aviones por todas partes!:
Teo observa cómo aterrizan y despegan los aviones desde la torre de control. Parece complicado, pero en realidad todos saben lo que tienen que hacer. Esta ilustración permite hablar de la función esencial de la torre de control: gestionar los aterrizajes y despegues de todos los aviones. También se puede hablar de los pequeños vehículos que les indican el camino a seguir y de los camiones encargados de proporcionarles combustible.
¿Has visto alguna vez aterrizar o despegar un avión? ¿Iba despacio o corría mucho?

3 · ¡Despegamos!
El avión despega a gran velocidad, alejándose de la ciudad. Los edificios, los árboles, los coches... se van haciendo pequeños. Podemos abordar el tema de la **percepción de las medidas según la distancia**. Cuanto más lejos estamos de un objeto, más pequeño nos parece, pero en realidad no cambia de tamaño.
¿Has ido alguna vez en avión? ¿Qué se veía desde arriba? Cuando vas por la calle y oyes un avión, ¿qué te parece, grande o pequeño?

4 · ¡Qué divertido es ser piloto!:
Teo entra en la cabina y ve cómo pilotan el avión. Esta ilustración puede servir para hablar sobre los oficios de **piloto, copiloto, auxiliares de vuelo y azafatas**. Se puede hablar también de la dificultad que representa pilotar un avión, destacando la gran cantidad de instrumentos y mandos necesarios, en comparación con los de un coche. Los azafatos y las azafatas se ocupan de atender las necesidades de los pasajeros y comprobar que llevan el cinturón de seguridad abrochado.
¿Conoces algún piloto, copiloto, auxiliar de vuelo o azafata? ¿Te gustaría ser piloto, auxiliar de vuelo o azafata? ¿Has visto el interior de una cabina de avión?

5 · ¡Mira esos esquiadores!:
El avión sobrevuela unas montañas donde hay una estación de esquí. Hay mucha gente esquiando y jugando con la nieve. A partir de esta ilustración se puede hablar **de la ropa apropiada para ir a esquiar**, y también de los **accesorios necesarios** (esquís, palos, guantes, gafas de sol). Los esquís son largos y planos para que la gente no pierda el equilibrio y pueda deslizarse sobre la nieve. Las gafas de sol son muy importantes para evitar que la luz nos dañe los ojos.
¿Has ido alguna vez a la nieve? ¿Has esquiado en alguna ocasión? ¿Cómo ibas vestido? ¿Qué ropa llevan las personas de la ilustración? ¿Crees que con esa ropa pasan frío?